[Bibli]othèque Syndicale et Ouvrière

2

Léon ARISTID

Un Soir d'Hiver

20e MILLE

PARIS

IMPRIMERIE
Joseph TEQUI
70, Avenue du Maine

AU BUREAU
de l'Echo des Syndicats
14, rue des Petits-Carreaux

UN SOIR D'HIVER

Etude Sociale en 1 acte

D'après le thème d'Eugène BRIEUX sur la nouvelle de « Octave Houdaille ».

Distribution des Rôles :

Philippe MOREL, cultivateur et maire.
Geneviève MOREL, 11 ans, fille du maire.
Léon MOREL, 15 ans, fils du maire.
Georges MOREL, 23 ans, fils du maire.
MAILLARD, cultivateur.
TARTEMPION, commis-voyageur, franc-maçon.
Le CURÉ.
Le FACTEUR.

La scène se passe à Montigny-en-Brie, dans la ferme de Morel.

Bibliothèque Syndicale et Ouvrière

Un Soir d'Hiver

SCÈNE I

Une salle de ferme. Un grand feu flambe dans la cheminée. Sur la table de chêne, une nappe, une soupière fumante et quatre couverts.

Léon Morel et sa sœur Geneviève sont assis près de la cheminée que surmonte un buste de la République en plâtre.

Cinq heures sonnent à l'horloge.

GENEVIÈVE (*Un livre à la main*). — Déjà cinq heures! Papa va bientôt rentrer; je crois que je ferais bien d'aller ranger mon catéchisme!

LÉON (*sursautant*). — Mais c'est pourtant vrai; tu as raison, dépêche-toi d'aller cacher ton livre; ça ne serait pas drôle de nous faire pincer!

GENEVIÈVE *sort un instant puis, rentre les mains vides*. — Là, c'est fait. (*Se rapprochant de Léon*) — Tu as eu de la chance, toi, de pouvoir apprendre ton catéchisme sans te cacher!

LÉON. — Oui; mais dans ce temps-là, vois-tu, petite sœur, papa n'était pas — Monsieur le Maire, et — (*désignant le buste de plâtre noirci*) — cette petite statue de plâtre n'avait pas encore pris sur la cheminée la place du Crucifix.

GENEVIÈVE. — Pourrai-je seulement faire ma première communion!

LÉON. — Ce n'est pas très sûr, mais il faut

quand même espérer... (*tendant l'oreille vers la porte*) Ma petite sœur, je crois que nous ferions bien de parler d'autre chose... voilà le père qui rentre.

SCÈNE II

Les mêmes; le père MOREL, — il entre, vêtu d'une blouse bleue, coiffé d'une grosse casquette de drap dont les oreillons sont rabattus, et secoue énergiquement la neige durcie collée à la semelle de ses souliers.

GENEVIÈVE (*lui sautant au cou*). — Bonsoir, père!

MOREL. — Bonsoir, petite, bonsoir. (*S'adressant à Léon*) As-tu donné les betteraves aux vaches?

LÉON. — Oui, père.

MOREL. — Et fermé comme il faut la porte du poulailler?

LÉON. — Oui, oui, soyez tranquille.

MOREL. — Moi, je viens de porter deux bourrées d'épines dans le trou de la haie et je vais tout à l'heure lâcher les chiens dans la cour; car tantôt, j'ai aperçu sur la neige des traces de loup toutes fraîches; et, contre ces gaillards-là on ne prend jamais trop de précautions.

(*Morel s'assied près du feu; Geneviève, sans rien dire lui apporte ses sabots et ses chaussons de laine.*)

Morel (*tout en se déchaussant*). — Le facteur n'est pas encore venu?

GENEVIÈVE. — Pas encore, père.

MOREL. — C'est un fichu temps pour lui; il n'a pas toutes ses aises. (*à Geneviève*) Surtout, n'oublie pas ce que je t'ai recommandé, chaque fois qu'il viendra en mon absence, donne-lui une bonne goutte de marc pour le réchauffer.

GENEVIÈVE. — Soyez tranquille, père, je n'oublierai pas!

Morel. — Allons, mes enfants, à table!

(*Le repas commence, rapide, silencieux. Le père Morel, préoccupé, touche à peine à la soupe qui fume dans son assiette et au moindre bruit, tourne la tête vers la porte.*)

Geneviève (*bas à Léon*). — Vois donc comme le père a l'air triste, ce soir!

Léon (*de même*). — Il pense à Georges, sans doute, voilà près de deux mois que nous n'avons pas eu de lettre.

(On frappe vigoureusement à la porte.)

Morel. — Ce doit être le facteur.

(Léon est allé ouvrir.)

Morel (*à Geneviève*). — Allons, fillette, va chercher la bouteille de marc.

SCÈNE III

Les mêmes; TARTEMPION, environ 40 ans, très gros, figure rouge brique, de gros yeux, nez bourgeonnant.

Tartempion. — Bonsoir, toute la compagnie! (*s'inclinant d'une façon comique*). Monsieur le Maire, votre respectueux serviteur!

Morel (*empressé*). — Par exemple! C'est M. Tartempion. Mais prenez donc la peine de vous asseoir, cher Monsieur Tartempion. C'est bien aimable de venir nous voir par un temps pareil;... mettez-vous donc plus près du feu, je vous prie, vous devez être gelé!

Tartempion. — Le fait est que la température est plutôt basse; mais je suis venu tantôt à Chantenay, et j'aurais cru manquer à tous mes devoirs, en ne venant pas vous présenter mes respects, et aussi mes vives et sincères félicitations.

Morel (*qui ne comprend pas mais est quand même flatté*). — Vos félicitations? et à quel sujet.....

Tartempion (*avec emphase*). — Monsieur le

Maire, permettez-moi de vous parler franchement; et surtout, soyez bien persuadé que mes paroles ne sont qu'une faible expression de mon admiration et de ma reconnaissance. Depuis deux ans que vous administrez cette commune, vous avez su mériter l'estime de tous les hommes de progrès. Vous avez honoré vos fonctions en servant la République comme elle doit être servie, et comme elle veut l'être.

Morel (*qui ne comprend pas un mot*). — Ah!

Tartempion (*continuant sur le même ton*). — Vous avez combattu énergiquement le vieil esprit clérical, éternel ennemi du progrès et de la liberté!

Morel. — Pour ça, oui!

Tartempion. — Soyez sûr que vos concitoyens ne l'oublieront pas. D'ailleurs, ils auront prochainement une excellente occasion de vous manifester leur reconnaissance.

Morel. — Leur reconnaissance?...

Tartempion. — Eh oui! Nous avons au mois de mai prochain les élections au Conseil général. Jeudi dernier, le Comité radical s'est réuni (*se rengorgeant*) sous ma présidence, et il a décidé qu'il fallait à tout prix démolir le conseiller actuel, le docteur Maillet, qui est, comme vous le savez, un réactionnaire...

Morel (*interrompant*). — N'empêche qu'il est rudement aimé dans le canton; il soigne les pauvres aussi bien que les riches, même quand il sait qu'il ne sera jamais payé.

Tartempion. — Mais tous les médecins font la même chose et qui vous dit que ce n'est pas tout simplement par intérêt qu'il agit!

Morel. — Par intérêt!

Tartempion. — Mais oui! pour garder son siège.

Morel. — Après tout, c'est bien possible!

TARTEMPION. — Je vous garantis que c'est certain. — Mais revenons à notre affaire. Je vous disais donc que nous avions décidé de faire sauter le docteur Maillet ; mais pour ça, il faut avoir un candidat, un homme à poigne, un libre penseur, un bon républicain ! Mais dam ! dans nos campagnes, c'est assez difficile à trouver, si difficile que nous avons cherché assez longtemps, et que nous commencions même à désespérer, quand il m'est venu une idée lumineuse, — j'ai pensé à vous !

MOREL (*se levant*). — A moi !

TARTEMPION. — Eh, oui.

MOREL. — Moi !..... Conseiller général !

TARTEMPION. — Pourquoi pas ? Vous êtes un homme énergique ; vous avez donné à la République des preuves de votre dévouement. Je suis sûr que vous ferez un excellent conseiller général.

MOREL. — Mais..... ça coûtera de l'argent, et..... ça ne rapporte rien !

TARTEMPION. — Soyez tranquille, on vous soutiendra. La Respectable Loge, *La Parfaite Amitié* — dont j'ai l'honneur d'être le secrétaire, — mettra toute son influence à votre service.

A propos, vous savez que vous m'avez promis de vous faire initier ; quand vous déciderez-vous ?

MOREL (*embarrassé*). — Ben oui... mais... j'ai réfléchi, je ne suis plus jeune, à mon âge, ça pourrait sembler drôle ; et puis, ça coûte cher, pensez donc, 180 francs rien que pour l'admission !

TARTEMPION. — Bah ! Il y a des compensations ! je vous garantis que vous ne tarderez pas à rattraper vos frais d'initiation. Quant à l'âge, c'est une objection qui n'est pas sérieuse. Rappelez-vous que notre grand Voltaire avait 78 ans passés, quand il est devenu franc-maçon !

Morel. — Oui ! Eh bien vrai ! il en avait une santé !

Tartempion. — D'ailleurs, si vous vous faites admettre à la prochaine initiation, vos chances d'élection sont au moins doublées. Allons, décidez-vous !

Morel (*hésitant*). — Eh bien ! je ne dis pas non... on verra !

(On frappe à la porte.)

Morel. — Cette fois, c'est le facteur. — Léon, va ouvrir !

SCÈNE IV

Les mêmes ; le FACTEUR, MAILLARD.

(Le facteur entre et fouille dans son sac. Pendant ce temps, Geneviève lui verse un verre d'eau-de-vie.)

Morel. — Eh bien, mon brave, vous êtes en retard aujourd'hui !

Le Facteur. — N'en parlez pas, M'sieur l'Maire ; je ne me souviens pas d'avoir jamais eu une journée comme aujourd'hui : d'abord, j'étais chargé comme un mulet ; j'enfonçais dans la neige jusqu'au ventre, et avec ça, un vent debout froid comme le diable, qui vous coupait la figure. — Enfin, c'est le métier, pas vrai ? Et puis, après tout, cet hiver-ci a beau être dur, il finira tout de même, il passera comme les autres, comme le reste, comme nous tous.

(*Fouillant dans son sac.*)

C'est pas tout ça... Voici d'abord l'*Officiel*... et puis le fameux discours du ministre de l'Instruction publique. Y paraît que c'est contre les Jésuites ; y en a une tartine. J'en avais comme ça vingt-huit à distribuer. Ça fera de l'ouvrage pour l'afficheur ; heureusement qu'il ne sera pas obligé de le lire avant de le coller sur les murs. Et puis voilà le *Flambeau de la Brie*. Y a dedans un article qui vous concerne. — Et puis voilà des prospectus, et puis... c'est tout !

Morel. — Alors... pas de lettre? (*A part*) Mais que fait donc Georges?

Le Facteur (*cherchant dans son sac*). — Pourtant, il m'avait semblé... eh bien non! Il n'y a rien, ce sera sans doute pour demain.

(*Geneviève tend au facteur un verre d'eau-de-vie qu'il avale d'un trait.*)

Le Facteur. — Merci bien, M'sieu le Maire, que le bon Dieu vous le rende. Bonne nuit, tout le monde!

(*Il sort.*)

SCÈNE V

Les mêmes, moins le FACTEUR

Morel. — En voilà encore un qui croit au bon Dieu! S'il ne tenait qu'à moi, il ne ferait pas long feu dans l'Administration. (*A Geneviève*) Je ne veux plus que tu lui donnes du marc, ça lui apprendra, tu entends!

Maillard (*railleur*). — Mais qu'est-ce qu'il t'a donc fait le bon Dieu, Monsieur le Maire? Sais-tu bien que s'il lui plaisait de te traiter comme tu le mérites, tu ne tarderais sans doute pas à changer de ton!

Morel. — Tiens! tu es donc là, toi?

Maillard. — Mais, oui, j'ai à te causer.

Morel. — Ah bien! tu tombes mal, j'ai justement une affaire à traiter avec Monsieur. (*Il désigne Tartempion.*)

Maillard. — Bon, bon, ne te gêne pas; j'sommes pas pressé, j'attendrons.

(*Il s'approche de la table, saisit un verre qu'il remplit de vin, le vide à moitié, puis s'installe commodément dans le coin de l'âtre. Il prend le journal déposé sur la table par le facteur, et après avoir allumé sa pipe, il commence à le lire.*)

Tartempion (*à part*). — Eh bien! par exemple,

en voilà un qui ne se gêne pas, il fait comme chez lui.

(*Geneviève s'approche du paysan.*)

Morel (*à Geneviève*). — Dis donc, petite, si tu allais dormir ?

Geneviève. — Oui, père.

(*Elle s'approche de son père et de son frère, les embrasse, puis va vers Maillard, qu'elle embrasse aussi et fait mine de se diriger vers la porte.*)

Tartempion. — Eh bien ! et moi, on m'oublie donc ?

(*Il s'avance vers Geneviève, qui recule.*)

Geneviève (*d'une voix hésitante*). — Bonsoir... Monsieur !

(*Elle sort.*)

SCÈNE VI

Les mêmes, moins GENEVIÈVE

Tartempion. — Alors, Monsieur le Maire, nous pouvons compter sur vous, vous acceptez la...

Morel (*désignant Maillard.*) — Chut ! (*bas à Tartempion.*) Dame ! je ne dis pas non... s'il y a des chances, seulement, vous savez, faudra m'aider.

Tartempion. — Mais oui, mais oui, c'est entendu. D'abord, pour mon compte personnel, je me charge de rédiger votre profession de foi, et votre appel aux électeurs; je vous réponds que vous en serez content. Je ferai ressortir les services que vous avez déjà rendus et qui sont un sûr garant de ceux que vous rendrez à l'avenir; je rappellerai les actes administratifs qui vous ont valu l'admiration de tous les bons républicains et la haine des réactionnaires. Je me figure d'avance la tête qu'ils feront en lisant en gros caractères sur vos affiches cette énumération :

« Suppression du traitement du vicaire; laïcisation de la crèche; interdiction des processions;

subvention aux enterrements civils ; suppression du crédit pour les réparations de l'église...

MAILLARD (*interrompant*). — Et démolition du Calvaire des Quatre-Sentiers. Mais ça, par exemple, ce n'est pas encore fait.

MOREL. — Qu'est-ce que tu racontes, toi ?

MAILLARD. — D'abord, ce n'est pas moi, c'est ton journal. Tiens, écoute plutôt : (*lisant*)

« Nous apprenons que le citoyen Morel, le vaillant maire de Montigny, vient de prendre un nouvel arrêté qui va faire hurler de rage tous les cléricaux du département. Il s'agit de la démolition d'un Calvaire qui se dresse au milieu d'un carrefour, sur un terrain appartenant à la commune. Le maire socialiste et libre penseur de Montigny a pensé avec juste raison que ce monument ridicule et inutile pouvait être supprimé sans inconvénient, et il vient d'en ordonner la démolition. Nous espérons que cet exemple sera suivi dans beaucoup de communes, et nous adressons au citoyen Morel nos chaleureuses félicitations. »

MAILLARD. — Eh bien ?

TARTEMPION. — Monsieur le Maire, toutes mes félicitations. Vous êtes vraiment digne d'entrer dans la franc-maçonnerie, et je serai fier d'être votre parrain !

MAILLARD (*à part*). — Je vais te faire aussi mes compliments tout à l'heure, attends un peu que cet animal soit parti !

TARTEMPION. — Monsieur le Maire, je vais être forcé de vous quitter, car voilà qu'il se fait tard et j'entends dehors mon cheval qui s'impatiente ; il faut cependant que je vous communique une nouvelle qui m'est parvenue cet après-midi. Il paraît que le charbon va augmenter d'une façon considérable. Comme j'en ai encore un stock important à très bon prix, voulez-vous que je vous en cède un wagon ? Vous savez, c'est pour vous rendre service, parce que c'est vous; autrement, je n'aurais qu'à attendre seulement huit jours pour réaliser un gentil bénéfice.

MOREL. — Vous êtes bien aimable, mais un wagon, c'est beaucoup trop ; je crois qu'avec mille kilos.....

TARTEMPION. — Allons, mettons 2,000. (*Morel fait un geste de refus.*) Allons, ne dites pas non... vous le regretteriez. (*Il inscrit.*) Je viens de traiter une affaire magnifique en phosphate, je veux que vous soyez le premier à en profiter...

MOREL. — Ah ! vous savez, je n'y tiens pas, avec ces diables de guano, on est bien souvent volé...

TARTEMPION. — N'ayez donc pas peur ; je vous garantis le dosage. Quant au prix, nous nous entendrons toujours. Allons, prenez-en toujours cent sacs, pour essayer.

MOREL. — Il me semble qu'avec cinquante...

TARTEMPION. — Mais vous êtes vraiment un homme terrible ! Vous ne vous rendez pas compte que je vous traite en ami. — Allons, j'inscris cent sacs, vous verrez que vous regretterez de n'en avoir pas pris davantage.

(*A Morel.*)

Vous avez encore du vin ?

MOREL. — Je viens d'entamer cette pièce, il n'y a pas huit jours.

TARTEMPION. — Raison de plus pour m'en commander de suite deux pièces du même, c'est tout ce qui me reste; vous savez que cette année la récolte a été mauvaise, et je ne pourrai certainement pas dans un mois d'ici vous donner de ce vin-là dans les mêmes conditions. (*Il inscrit.*)

(*A Morel.*)

Vous pensez à renouveler votre assurance ?

Morel. — Déjà !

Tartempion. — Nous sommes au mois de février, pour le 15 mars, vous n'avez pas de temps à perdre !

Je vais m'occuper dès demain d'établir votre police? Il n'y a pas de modification?

Morel. — Mais si, attendez donc! J'ai en plus deux vaches que j'ai achetées dimanche, à la vente de la Ferme des Ormes, même que je ne suis pas tranquille... elles ne veulent pas manger...

Tartempion. — Ah! il faudra voir ça! ce n'est sans doute rien, mais mieux vaut prendre ses précautions; d'ailleurs, je me doute de ce qu'il y a; si vous n'y voyez pas d'inconvénient, je viendrai les saigner demain matin; qu'en dites-vous?

Morel. — Mais oui... certainement... ça ne leur fera toujours pas de mal.

Tartempion. — Alors, c'est entendu... (*se tournant vers Maillard*) Si Monsieur avait aussi besoin de quelque chose?

Maillard. — Merci bien, j'ai mes fournisseurs.

Tartempion. — Allons, ce sera pour une autre fois. Monsieur le Maire, votre serviteur, (*il lui serre la main*) — (*à Maillard, en s'inclinant*) Monsieur!

Maillard (*sans le regarder*). — Bon voyage! (*à part*) S'il pouvait seulement se casser le cou en route!

(*Morel saisit la lampe et reconduit Tartempion, Léon l'accompagne. La salle reste vide un moment dans l'obscurité.*)

Tartempion (*dehors*). — Bonsoir; bonne nuit.

(*On entend le roulement de la voiture sur le pavé de la cour. Morel et son fils rentrent.*)

SCÈNE VII

Les mêmes, moins TARTEMPION

MAILLARD. — Et dire que voilà un individu qui est arrivé ici, il y a cinq ans, sans un sou, et sortant on ne sait d'où. Aujourd'hui, ça a cheval et voiture, ça va déjeuner chez le député et dîner chez le sous-préfet ; ça vend du vin, du charbon, du guano, soigne les bestiaux, et prépare les élections, et ça mène par le bout du nez les nigauds qu'ils ont le talent de rouler, les imbéciles qui deviennent peu à peu des canailles, sans s'en apercevoir !

MOREL. — C'est-y pour moi que tu dis ça !

MAILLARD. — Non, c'est pour l'âne à Jean-Pierre.

MOREL. — Ça ne fait rien, ce n'est pas une raison de m'insulter parce que nous n'avons plus les mêmes idées sur certaines choses.

MAILLARD. — Je ne t'insulte pas, je te dis la vérité, dans ton intérêt. Et maintenant, causons de nos affaires. A quand la démolition du Calvaire ?

MOREL. — Mais...

MAILLARD. — Je tiens à être renseigné ; j'ai mes raisons pour ça.

MOREL. — D'abord, il n'y a rien de décidé ; on a pu en parler, vaguement, comme d'une chose possible ; mais je ne sais vraiment pas qui a pu faire mettre ça dans le journal.

MAILLARD. — Je n'en sais rien non plus, mais je m'en doute un peu, et je suis certain que si, comme tu le dis, la chose n'est pas encore décidée, elle se décidera. Le jour où les ordres seront donnés — en ton nom, entends-tu bien, — il est probable que l'on ne t'en préviendra même pas ; mais je puis t'assurer une chose, Morel, c'est que ce jour-là, tu feras bien de prévenir les gendarmes, car il y aura probablement de l'opposition.

Morel (*railleur*). — Tu crois?

Maillard. — J'en suis sûr... Voyons, Morel, réfléchis un peu. Je suis venu ce soir pour causer sérieusement avec toi; nous nous connaissons depuis longtemps, depuis toujours même, puisque nous sommes nés tous les deux dans ce village, et que nous ne l'avons jamais quitté.

Je sais que tu n'es pas méchant, au fond, et que tu regretteras quelque jour tout le mal que tu as fait ici depuis deux ans.

Voyons, réponds-moi franchement. Si ta femme était encore de ce monde, ferais-tu ce que tu fais aujourd'hui; empêcherais-tu ta petite fille de faire sa première communion? Oserais-tu comme tu l'as dit l'autre jour, menacer le garde champêtre de le faire révoquer si sa femme continue à aller à la messe? je ne le pense pas et.....

Morel (*interrompant*). — Je suis libre de faire ce qui me plait. Je combats les prêtres parce que je sais qu'ils sont les ennemis du peuple. Toujours, ils se sont appliqués à maintenir les pauvres gens dans l'ignorance de leurs droits. Si tu avais lu comme moi dans les livres tout ce qu'ils ont fait, je suis sûr que tu ne les soutiendrais plus.

Maillard. — Quels livres?

Morel (*prenant un livre sur la cheminée.*) — Tiens, celui-ci.

(*Maillard prend le livre, et, après avoir jeté les yeux sur la couverture, il lève les bras de surprise.*)

Maillard. — Ah! cela ne m'étonne pas!

Morel. — Eh bien... mais... qu'est-ce qui te prend? es-tu fou?

Maillard. — Non, je ne suis pas fou, mais je suis renseigné. Il me s fit de voir sur la couverture de ton livre le cachet de la bibliothèque maçonnique pour être édifié et pour pouvoir te dire que tout ce qu'il y a là-dedans n'est qu'un ramassis de mensonges et de calomnies.

MOREL. — Par exemple !

MAILLARD (*s'animant*). — Oui ! La franc-maçonnerie, c'est une association de malfaiteurs de la plus dangereuse espèce ; la délation y règne en souveraine ; les mouchards et les casseroles y pullulent. C'est grâce à elle que nous sommes accablés d'impôts, que de jour en jour, la vie devient chez nous de plus en plus difficile. C'est par elle, que des divisions criminelles ont pu s'élever entre des hommes qui naguère, vivaient en paix, s'aimaient comme des frères. Depuis quarante ans, nous vivions tranquillement dans notre village ; jamais la moindre discussion ne s'élevait ; chacun s'ingéniait à rendre service à son voisin. Il a fallu que ce Tartempion de malheur vienne s'établir dans le pays pour que tout soit changé. Depuis qu'il a installé dans l'ancienne école de Chantenay un vieux cercueil, un drap noir, avec deux bassinoires, une tête de mort et trois sabres en fer-blanc, — il paraît que tous ces instruments réunis constituent ce qu'on appelle une loge maçonnique — depuis ce temps-là, la guerre est allumée.

Autrefois, nous étions tous de braves gens, ne songeant qu'à une chose, vivre le moins mal possible en cultivant nos terres ; aujourd'hui, nous sommes, les uns des républicains, les autres des réactionnaires ; il y a des cléricaux, comme moi, et des libres penseurs, comme toi ; on se regarde comme des chiens de faïence, pour un peu, on se mangerait le nez. Et par toute la France, c'est la même chose. Voilà le travail de la Franc-Maçonnerie !

MOREL. — Non ! tu te trompes, c'est le travail des curés ; voyant le peuple leur retirer sa confiance, ce sont eux qui ont semé la discorde et allumé la guerre. Tant pis pour eux! Et si tu veux savoir le fond de ma pensée, je vais te le dire. Je n'avais pas songé à la démolition du Calvaire; mais pour prouver que je ne suis pas un homme à reculer devant une résolution énergique, je suis décidé : je vais donner des ordres dès demain, et avant huit jours, huit jours, entends-tu, Maillard, il sera démoli?

MAILLARD. — Non, tu ne feras pas cela! ce n'est pas possible! Tu sais bien que ce Calvaire, c'est en quelque sorte la providence du pays. Voilà plus de trois cents ans qu'il se dresse là, comme une sentinelle vigilante, pour éloigner de notre village toutes les calamités et tous les dangers. Te rappelles-tu quand nous allions ensemble à l'école, quelle joie c'était quand la veille des Rameaux, nous allions y porter la couronne nouvelle de buis bénit, et que nous rapportions pour la brûler devant la porte de l'Eglise, celle toute jaunie, de l'année précédente!

As-tu donc oublié notre départ, en 70, au moment de la guerre. Notre vieux curé, celui qui dort maintenant dans le cimetière, au milieu de nos parents et des anciens que nous avons connus, nous avait réunis là avec nos familles. Nous étions six. Après nous avoir donné sa bénédiction, il nous dit : « Battez-vous bien, mes enfants, défendez votre pays, comme de bons Français; je vous promets que tous les jours, tant que durera votre absence, je viendrai m'agenouiller ici, pour demander à Dieu de fortifier votre courage et de vous ramener tous sains et saufs. »

Et en effet, bien que nous n'ayions pas boudé au feu, pas un de nous n'a reçu une égratignure, et nous nous sommes retrouvés au retour, tous vivants, au pied du Calvaire que ton brave homme de père, par reconnaissance, dota d'une grille neuve! Ce sont là des choses qui ne s'oublient pas!

Avons-nous jamais eu nos récoltes ravagées par la grêle, comme cela est arrivé plusieurs fois à Chantenay, ou nos bestiaux décimés par une épidémie, comme ceux de Beauvois? Non, parce que notre Calvaire éloigne de notre village la colère de Dieu, et le jour où il disparaîtrait, eh bien, vois-tu, Morel, j'aimerais mieux quitter le pays que de subir le châtiment, inconnu, mais terrible, qui ne manquerait pas de s'abattre sur nous.

MOREL (*railleur*). — Mais tu n'as rien à craindre, puisque c'est moi qui donnerai les ordres, le châtiment sera pour moi tout seul, et je t'assure que je suis bien tranquille.

(*On frappe à la porte.*)

SCÈNE VIII

Les mêmes, le FACTEUR

LE FACTEUR. — C'est encore moi, vous m'excuserez de vous déranger, mais c'est pour la lettre.....

MOREL. — Quelle lettre?

LE FACTEUR. — Celle-ci, la doublure de mon sac était décousue, alors elle s'est fourrée entre le cuir et la toile, c'est ce qui fait que tout à l'heure, chez moi, elle est tombée sur la table et j'ai dit : Mais sapristi, c'est la lettre de Monsieur le Maire, faut la porter tout de suite, et voilà!

MOREL. — Merci bien, mon brave.

LE FACTEUR. — Bonne nuit, tout le monde!

(*Il sort.*)

SCÈNE IX

Les mêmes, moins le FACTEUR

(*Léon, qui depuis un moment lisait le journal, s'était mis dans le coin du foyer, puis il s'est endormi et le journal s'est échappé de ses mains et est tombé à terre.*)

Morel. — Tiens, ce n'est pas l'écriture de Georges. — (*Tendant la lettre à Léon.*) Regarde un peu ce que c'est.

(*Léon endormi ne bouge pas.*)

Mais il dort comme une souche! (*le secouant*) Allons, allons, vas-tu te réveiller?

Léon (*se frottant les yeux*) : — Quoi, qu'est-ce qu'il y a?

Morel (*lui tendant de nouveau la lettre*). — Regarde un peu ce qu'il y a là-dedans.

(*Léon décachète la lettre. A mesure qu'il la lit, ses traits expriment un sentiment de stupeur, puis d'épouvante. Tout à coup il lâche la lettre en portant les deux mains à son front.*)

Léon. — Oh! mon Dieu!

Morel. — Eh bien! mais, qu'est-ce qu'il lui prend?

Maillard (*qui a ramassé la lettre et vient de lire l'en-tête*). — Qu'est-ce que ça veut dire? Parquet de la Seine. Cabinet du Juge d'instruction!

Morel. — Mais enfin, lis!

Maillard (*il lit*). — « Mes fonctions de juge d'instruction m'obligent à remplir auprès de vous un pénible devoir. Votre fils Georges Morel, qui depuis plus d'un an était affilié à une bande d'anarchistes, vient de commettre un crime épouvantable. Il a assassiné, pour le voler, un banquier, M. Bernheim; et a été surpris par un domestique au moment où il forçait le coffre-fort. Malgré une résistance désespérée, il a été arrêté et écroué au Dépôt. Je l'ai interrogé ce matin, il m'a déclaré que son crime avait pour but de procurer de l'argent à son parti, et qu'il ne dirait rien de plus. Il s'est depuis enfermé dans un mutisme absolu et n'a plus répondu à aucune de mes questions. Devant ce parti pris, j'ai résolu de le confronter avec vous; peut-être pourrez-vous obtenir de lui quelques explications; peut-être aussi manifestera-t-il en votre présence quelques sentiments de repentir dont ses juges lui tiendront compte.

« C'est donc dans son intérêt autant que dans celui de la justice que je vous prie de bien vouloir vous rendre à mon cabinet demain à trois heures de l'après-midi.

« X..., Juge d'instruction. »

MOREL. — Mon Dieu! Mais ce n'est pas vrai, tout ça c'est des mensonges; Georges, mon fils, un assassin! Allons donc!

MAILLARD. — C'est absurde! (*Prenant la lettre*). — Et pourtant comment douter? il a été pris sur le fait, il a avoué. (*Violemment*) Et dire que c'est encore ce damné de Tartempion qui l'a poussé à partir à Paris : « Il ne sera pas seul, disait-il, il aura mon fils comme camarade, c'est un garçon sérieux, qui fera son chemin, il écrit déjà dans les journaux! » Et voilà ce qui arrive.

MOREL (*sanglotant, la tête dans ses mains*). — C'est pourtant vrai. Ah! j'avais bien raison de ne pas vouloir le laisser partir, mais il a insisté; et M. Tartempion m'avait tellement affirmé qu'il n'y avait pas de danger!

MAILLARD (*à part*). — Quelle histoire, mon Dieu, quelle histoire! (*Regardant Morel*). — Et quoi lui dire pour lui rendre un peu de courage, pour le consoler... je ne sais pas, moi! Ah! si c'était autrement, ce ne serait pas long, j'irais bien chercher... mais... pas moyen!

Et puis au fait, pourquoi pas, on verra bien... (*Il s'approche de Léon qui pleure, le bras appuyé sur la table, et lui dit quelques mots à voix basse*).

LÉON (*se dressant et tournant les yeux vers son père.*) — Mais.....

MAILLARD (*avec autorité.*) — Si, si, va, ça ne fait rien, on verra bien... va vite!

(*Léon sort.*)

SCÈNE X

MOREL, MAILLARD

MAILLARD. — Allons, du courage, Morel, c'est le moment de montrer que tu es un homme.

MOREL. — Comment, tu es encore là, chez le père d'un assassin! Qu'attends-tu pour fuir avec horreur cette maison, qui désormais sera une maison maudite?

MAILLARD. — Sois calme, Morel, je reste auprès de toi, parce que je suis ton vieil ami, et que je ne suis pas de ceux qui tournent le dos aux gens quand le malheur s'abat sur eux! Si j'ai pu avoir contre toi quelque sujet de rancune, c'est oublié.

MOREL. — Où est Léon?

MAILLARD. — Il est sorti, je l'ai envoyé faire une commission, mais il va revenir.

MOREL. — Maillard, écoute. Le juge me demande, je vais aller le voir; mais je ne partirai pas demain, je vais partir ce soir, à l'instant, et quand je l'aurai vu, quand... ce sera fini, je ne reviendrai pas; jamais je ne remettrai les pieds au pays.

MAILLARD. — Mais tu es fou!

MOREL. — Voici ce que tu feras : tu prendras avec toi les deux enfants, puis tu feras vendre la maison, les terres, le bois, les vignes, tout enfin. Avec l'argent, tu feras placer Geneviève dans un orphelinat. Quant à Léon, il est fort, tu pourras le garder chez toi pour t'aider, et puis je te demanderai aussi de prendre soin des tombes de mes parents et de ma pauvre femme. Je puis compter sur toi, n'est-ce pas?

MAILLARD. — Mais toi, que deviendras-tu?

MOREL. — Ce qu'il plaira à Dieu. Tu avais raison, Maillard, Dieu est juste et il se venge. Il m'avait donné une honnête aisance, des enfants soumis et respectueux, une santé à toute épreuve, et moi, je l'ai insulté, bafoué, persécuté. J'ai suivi, dans un but d'ambition stupide, des conseils infâmes; j'ai détruit en deux ans tout ce qui faisait depuis un demi-siècle la prospérité et la joie de notre village. Dieu me punit, je ne saurais m'en plaindre, et avant de tout quitter, je voudrais lui demander pardon; mais j'ai oublié mes prières, même le *Pater*. Récitons-le ensemble, veux-tu, Maillard? Tu diras les paroles et je les répéterai... et puis après... je partirai avant que Léon ne soit revenu.

(*Les deux hommes s'agenouillent devant la table et récitent le* Pater.)

(*Au moment où Morel répète avec Maillard :* Pardonnez-nous nos offenses comme nous pardonnons..... *la porte s'ouvre sans bruit; Léon apparaît sur le seuil; il est accompagné du curé. Ils entrent et referment la porte doucement, puis se tiennent immobiles. A la fin du* Pater, *ils font le signe de la Croix avec les deux paysans.*)

SCÈNE XI

MAILLARD, MOREL, LÉON, le CURÉ

Morel. — Monsieur le Curé! Vous, chez moi!

Le Curé. — Mon fils, la place du prêtre est surtout où il y a des souffrances à soulager, des douleurs à consoler.

Morel. — Mais je vous ai fait tant de mal!

Le Curé. — Le Christ sur la Croix priait pour ses bourreaux. Ceux qui ne sont que ses indignes serviteurs ne peuvent pas se montrer plus sévères que lui. En venant ici, je ne veux savoir qu'une chose : c'est que vous souffrez. Tout ce que je pourrai faire pour vous rendre moins cruelle l'épreuve qui vous frappe, je le ferai; mais il faut d'abord que je sache exactement de quoi il s'agit; Léon ne m'a donné, le pauvre garçon, que des explications vagues; il m'a parlé d'une lettre, puis-je la voir?

MOREL. — Tenez, Monsieur le Curé.

LE CURÉ, (*après avoir lu*). — Mon Dieu, c'est terrible, en effet!

MAILLARD, (*montrant Morel.*) — Il veut partir immédiatement, et puis ne plus revenir, faire vendre tout. Il ne faut pas faire cela, n'est-ce pas, Monsieur le Curé?

LE CURÉ. — Non, certes, gardez-vous-en bien; d'ailleurs, vous ne bougerez pas; c'est moi qui vais aller à Paris voir le juge, cela vaudra mieux, et je reviendrai ici vous rendre compte. Surtout, soyez homme, ne vous désespérez pas encore. Après tout, jusqu'à présent, nous n'avons pas d'autres preuves que cette lettre. Qui sait s'il n'y a pas là une épouvantable erreur?

MOREL. — Merci, Monsieur le Curé; je n'ai plus d'espoir, mais vos paroles me font du bien; je ferai ce que vous me conseillerez et je m'efforcerai de supporter le plus courageusement possible le terrible châtiment que Dieu m'inflige.

LE CURÉ. — Jusqu'à mon retour, gardez une espérance. Qui sait si cette affreuse histoire ne s'évanouira pas comme un mauvais rêve? Il ne faut pas seulement craindre la colère de Dieu, il faut aussi avoir confiance en sa bonté et en sa clémence. Parfois, sans doute, son bras s'appesantit sur le front du pécheur, il est alors le Dieu terrible; mais combien plus souvent il se manifeste sous l'aspect du Dieu qui aime et qui pardonne!

MOREL. — Vous me rendez mon courage, je veux vous obéir, je veux être fort et tâcher d'oublier jusqu'au nom du misérable qui me plonge dans le déshonneur. (*Eclatant en sanglots.*) Eh bien! non, je ne peux pas, c'est plus fort que moi, un assassin, lui, mon Georges, un criminel! Oh! mon Dieu, mon Dieu!

(*Morel disparaît dans la pièce voisine et jette un regard attendri sur M. le Curé.*)

SCÈNE XII

MAILLARD, LÉON, le CURÉ

MAILLARD. — Il n'y a pas de temps à perdre, M. le Curé ; il faut partir sans retard ; l'inquiétude est mortelle pour Morel. Chaque heure qui s'écoule devient une angoisse nouvelle pour lui.

LÉON. — Je vous en supplie, M. le Curé, faites le possible pour nous faire connaître bientôt toute la vérité. Ce mystère m'étouffe et me glace.

LE CURÉ. — Ayons confiance. Un si épouvantable malheur, me semble-t-il, n'est point tombé dans cette maison. Si l'ambition a rendu M. le Maire bien coupable, les habiletés du franc-maçon, il faut bien le dire, en ont été la première cause.

MAILLARD. — Tartempion a perdu Morel et l'œuvre de cet homme a été néfaste pour tout le pays. Mais l'heure n'est pas aux récriminations ; il faut à tout prix connaître le mot de l'énigme et savoir à Paris tout ce qui en est de cette lamentable affaire.

LE CURÉ. — Je pars à l'instant. Vous, Maillard, veillez à ce que le découragement ne s'empare point de votre ami. Donnez-lui confiance et espoir jusqu'à mon retour.

(*Le Curé s'arrête un instant et a l'air de chercher quelque chose.*)

Où donc est la lettre du juge d'instruction ?

LÉON. — J'entends frapper à la porte... On nous appelle du dehors... Mais c'est la voix de Georges... C'est lui ! c'est lui-même ! Avertissez mon père, je vais ouvrir.

SCÈNE XIII

Les mêmes, Georges MOREL

GEORGES (*s'élançant dans les bras de son père*). — Père, c'est moi!

MOREL. — Toi, mais alors?

GEORGES. — Oh! père, c'est une histoire épouvantable, mais je ne suis pas coupable, je vous raconterai tout. Je dois vous dire tout d'abord que je ne suis pour rien, absolument pour rien, dans ce crime.

MAILLARD. — Mais alors la lettre que j'ai reçue et qui m'a plongé dans la plus grande douleur?

GEORGES. — Je vais tout vous raconter — mais d'abord que je vous dise bonsoir, Monsieur le Curé, je vous demande pardon, j'aurais dû commencer par vous, mais j'étais si troublé!

LE CURÉ. — Voyons, mon enfant, expliquez-vous, vous voyez bien que votre père est dans une inquiétude mortelle et que nous attendons tous ici avec la plus vive impatience.

GEORGES. — Eh bien! voilà, ce n'est pas moi qui ai assassiné le banquier, mais je connais l'assassin, celui qui est arrêté, et vous aussi vous le connaissez.

MAILLARD. — Serait-il possible? Le gueux, comment s'appelle-t-il?

GEORGES. — Tartempion.

MOREL. — Alors, c'est le fils de...

GEORGES. — Lui-même.

MAILLARD. — Il ne pouvait en être autrement. Tel arbre, tel fruit; tel père, tel fils; mais pourquoi t'accuse-t-on alors? Comment expliquer cette lettre du juge d'instruction?

GEORGES. — Voilà :

A l'école de droit Tartempion m'avait présenté à quelques-uns de ses amis, jeunes gens fort riches, disait-il, et qui étaient des anarchistes. Au début, je fus un peu effrayé : mais ces jeunes gens étaient si polis, si bien élevés, que peu à peu je me mis à les fréquenter. Le soir, nous allions ensemble dans des réunions où venaient de nombreux ouvriers; et là, mes camarades prenaient la parole et prêchaient la destruction de la société; puis, à la fin de chaque réunion, ils distribuaient de l'argent à quelques-uns des auditeurs; dans quel but? je ne l'ai su que plus tard. Un beau jour, ils partirent pour l'étranger, et Tartempion me demanda d'aller lui faire des conférences. Après quelques hésitations, j'acceptai et me rendis un soir dans un cabaret infect où devait se tenir une réunion. Tartempion arriva un peu après moi, il me remit un pli cacheté en me disant : Voici les ordres du Comité central. Je décachetai le pli, il contenait une simple feuille de papier portant ces mots écrits au crayon : « Demain soir, 1er sermon du Carême à Saint-Vincent-de-Paul. Que tous les compagnons disponibles s'y trouvent à 9 h. 1/2 du soir. » Il n'y avait pas de signature.

Cependant, les compagnons arrivaient un à un. Quand tous furent assemblés, je leur fis un discours dont je ne me tirai pas trop mal, et je terminai par la lecture de l'avis du Comité central. Alors, un des compagnons demanda la parole et vint m'interpeller d'une façon violente. « Vous autres, bourgeois, s'écria-t-il, vous nous poussez toujours en avant, mais vous restez prudemment à l'abri. C'est très beau de faire des discours, mais il vaudrait mieux mettre la main à la pâte!

— C'est bon, lui répondis-je, soyez demain à 9 heures à Saint-Vincent-de-Paul, j'y serai.

Une salve d'applaudissements accueillit cette promesse, et le lendemain j'étais au rendez-vous. Mais je m'y trouvai seul. Mes compagnons avaient été, en effet, arrêtés pour vol dans la journée, et Tartempion, qui, paraît-il, leur avait indiqué le coup à faire, dénoncé par eux, les rejoignait quelques instants plus tard. Pour moi, me trouvant seul, je ne pus faire autre chose que d'écouter le sermon du prédicateur. Sa parole émue et vibrante fit sur moi une impression profonde et quand j'appris le lendemain l'arrestation de mes associés, je fus guéri pour jamais de mes tendances anarchistes et me mis à étudier avec ardeur pour rattraper le temps perdu.

Tartempion fut condamné à trois mois de prison. Sa peine finie, il vint me trouver, dénué de ressources, et quand je lui manifestai mon intention de rompre avec l'anarchie, il entra dans une fureur épouvantable, puis il s'adoucit et finit par accepter un peu d'argent. Comme ses vêtements étaient en lambeaux, je le quittai un instant pour lui en chercher quelques-uns des miens, nous sommes à peu près de la même taille. Je lui donnai un costume à peu près propre, il me remercia et partit en promettant de revenir me voir. Il ne revint pas, et pour une excellente raison. Pendant que je lui cherchais des vêtements, il m'avait pris mon portefeuille contenant un billet de cent francs et tous mes papiers de famille.

Il y a de cela un mois, je ne portai pas plainte, mais le misérable, à bout de ressources, commit le crime que vous savez et fut arrêté encore porteur des papiers qu'il m'avait volés.

En lisant dans les journaux du soir le récit du crime, je devinai la vérité, je me rendis chez le juge, il venait de quitter son bureau; j'y retournai ce matin, il négligea de venir. Enfin, cet après-midi, je parvins à le joindre, à lui expliquer mon affaire, et c'est alors qu'il me dit qu'il vous avait écrit dans la matinée.

Mon premier mouvement fut de courir au télégraphe et de vous envoyer une dépêche. La dépêche partie, je me dis : Si j'y allais, cela vaudrait peut-être mieux. Voyez que j'ai bien fait, le train a été plus vite que le télégraphe et je vous épargne ainsi de mortelles inquiétudes en dissipant tout malentendu par des explications que vous attendiez avec une si grande anxiété.

SCÈNE XIV

Les mêmes, le FACTEUR

LE FACTEUR (*entrant*). — Messieurs, excusez-moi, c'est une dépêche.

GEORGES (*riant*). — Vous arrivez un peu tard, mais ça ne fait rien, donnez tout de même.

LE FACTEUR. — Comment, Monsieur Georges, vous êtes ici, et vous aussi, Monsieur le Curé, chez Monsieur le Maire!

LE CURÉ (*souriant*). — Mais oui, mon ami, ça vous étonne? c'est pourtant bien simple. Le Bon Dieu était en désaccord, sur certaines questions, avec Monsieur le Maire; il m'a envoyé le trouver pour arranger les choses, et j'ai eu le bonheur de réussir.

MOREL. — Oui, certainement, je n'avais pas bien agi envers le Bon Dieu, mais j'ai reconnu mes torts et fait des excuses; aussi il m'a pardonné; nous serons désormais bons amis.

(*Le Facteur fait mine de s'en aller.*)

MOREL. — Attendez donc, nous allons trinquer tous ensemble. Pour la première fois que vous m'apportez une bonne nouvelle, vous arrivez en retard et vous me croiriez fâché avec vous si je ne vous faisais point boire aujourd'hui le petit verre.

SCÈNE XV

Les mêmes, GENEVIÈVE

MOREL. — Comment, te voilà? Tu ne peux donc plus dormir, ma petite?

GENEVIÈVE. — Je rêvais que Georges était revenu, alors j'ai été si contente que je me suis réveillée, et quand j'ai été réveillée, je l'ai entendu parler et je suis venue... Et puis l'on fait tant de bruit depuis un moment que l'on ne peut plus dormir. (*Elle embrasse Georges.*)

GEORGES. — Tu es bien gentille, ma petite sœur. A moi aussi, il me tardait de te revoir.

GENEVIÈVE. — Mon plaisir est d'autant plus grand que je voyais papa très préoccupé à ton sujet.

MOREL. — Allons, allons, pas de paroles inutiles, va chercher la meilleure de nos bouteilles, nous allons trinquer tous ensemble à la santé de Monsieur le Curé !

LE CURÉ. — Il vaudrait mieux trinquer à la déroute des francs-maçons, de ces hommes pervers qui jettent le trouble dans le pays en semant partout la haine et la division.

MAILLARD. — Boire ici à la santé de M. le Curé, c'est boire à la conversion de Morel, c'est boire au triomphe de l'ordre et des bonnes idées, c'est applaudir la victoire du bien sur le mal ; c'est donner un blâme bien justifié à cette secte occulte et nuisible, véritable repaire de délateurs, qu'on appelle la franc-maçonnerie.

Imprimerie Joseph Téqui, 70, Avenue du Maine, Paris.

www.ingramcontent.com/pod-product-compliance
Ingram Content Group UK Ltd.
Pitfield, Milton Keynes, MK11 3LW, UK
UKHW020524230726
13925UKWH00005B/2228

9 782013 539524